Renate & Uwe H. Sültz

Bücher von A bis Z

R.G.WARDENGA

Die Rache des Texas Rangers
Sheriff Lee McAlister - Das Duell
Der Tod lauert in Texas
US Marshal John W. Cobb -
Mit den Waffen der Zukunft

BoD - Books on Demand
Norderstedt 2021

Bibliografische Information durch die Deutsche Nationalbibliothek
Die Deutsche Nationalbibliothek verzeichnet diese Publikation in der
Deutschen Nationalbibliografie; detaillierte bibliografische Daten
sind im Internet über http://dnb.dnb.de abrufbar.

© Renate & Uwe H. Sültz
Herstellung und Verlag
BoD – Books on Demand, Norderstedt
ISBN 9-78375-2-64021-2

AF236341

Inhalt:

Das Duell

Kalifornien 1886. Sheriff Lee Mc Alister sorgte mit ruhiger Hand für Recht und Ordnung in der kleinen Stadt Red City. Der Ort war umgeben von rotem Gestein. Alles deutete auf Kupfer hin. Trotz Goldgräberstimmung erkannten einige Bergleute, dass Kupfer die neue Geldquelle war. Mc Alister war einst in vielen Krisengebieten tätig und für sein Durchsetzungsvermögen bekannt. Auch für seine schnelle Hand war er bekannt. Jedoch suchte er heute keine Herausforderung mehr. Er wollte nur noch mit seiner Frau und den drei Kindern seine Ruhe haben.

Oft genug wurde er zum Duell herausgefordert. Aus der Vergangenheit, steckt ihm immer noch eine Kugel in den Rippen. Aber irgendwann will er auch diese Kugel entfernen lassen, sodass keine Erinnerung mehr an seine turbulente Vergangenheit da ist. Aber Sheriff Lee Mc. Alister, hatte noch eine Leidenschaft. Das Schmieden hat ihm sehr viel Freude gemacht. Sein Vater und Großvater waren Schmiede und er selbst beherrschte dieses Handwerk sehr gut.

Lee richtete sich eine Zelle in seinem Büro ein um seine Arbeiten durchzuführen. Er entwickelte Sporen für sein Pferd. Diese Sporen konnten sein geliebtes Pferd nicht verletzen. Aber er arbeitete an einer ganz wichtigen Sache, jedenfalls, war sie für ihn sehr wichtig. Er schuf einen Umbau für einen achtschüssigen Revolver. Seine Idee war es, einen zweiten Lauf auf der Pistole anzubringen, eine größere Trommel sollte dabei weitere Kugeln mit kleinerem Kaliber fassen können.

Ein zweiter Hahn wurde ebenfalls integriert. Auf diese Weise wollte Lee weitere 4 Schuss Munition zur Sicherheit bereitstellen. Sein erster Prototyp war geboren. Zum Einschießen wollte er in die Berge reiten. Des Öfteren kamen Fremde in der Stadt an. Viele suchten Arbeit im Bergwerk und andere wiederum, eröffneten einen Laden. Kitty, im Saloon, fiel der tiefsitzende Revolver auf, bei den neuen Fremden. Sie war seit 30 Jahren Bardame und hatte einen Riecher für Ärger. Kitty tippte auf Revolverhelden. Sie ging zum Klavier und gab Jimmy ein Zeichen. Die Gäste am Spieltisch durften nichts merken. „Zwei Bier!", so der eine. „Schöne Stadt!", so der andere. „Auf der Durchreise", meinte Kitty. Ein kurzes „ja" war die Antwort. Um die Stimmung aufzulockern, spendierte Kitty einen Schnaps. Der eine, schluckte ihn, der andere nicht. Er sagte: „Ich muss einen klaren Kopf behalten." „Wie heißt denn euer Sheriff?" „Mc Alister, Sheriff Lee Mc Alister." „Schick' deine Bedienung zu ihm, denn er ist in 30 Minuten tot." Kitty tat es und versteckte einen Zettel in Jennys Hand auf dem stand: Lee, sei vorsichtig, es sind zwei Kerle, die dich umbringen wollen.

Der Sheriff, blieb ganz ruhig und sagte: „Hat man denn nie seine Ruhe. Warum muss denn das sein?" Seine Frau rannte herbei. Sie wusste schon, was jetzt kam. „Nein, tu' es nicht Lee. Du bist nicht mehr schnell genug, ich habe Angst!"

„ Ich bringe sie nur zur Vernunft. Bitte pack‘ schon einmal unsere Sachen zusammen. Wenn das hier vorbei ist, fahren wir in die Berge und fangen neu an.“ Der neue Revolver war noch nicht eingeschossen. Lee lud ihn. Acht Schuss plus vier extra.

Der eine Revolverheld kam auf die Straße und der andere war verschwunden. Der Sheriff, verließ sein Büro und redete mit dem Mann. Dieser rief nur: „Zieh endlich, du Feigling, gleich bist du tot.“

Lee beobachtete die Augen des Mannes.
Er konnte genau abschätzen, wann der andere zieht. Der Abstand der Männer war noch sehr groß. Der Revolverheld zog. Der Sheriff verschoss alle 8 Kugeln. Der Revolverheld brach zusammen und stand nicht wieder auf, er rief noch: „Macht ihn fertig, Jungs!“ Zwei weitere Revolverhelden kamen mit gezogenem Eisen aus der Seitengasse. Sie wussten ja, die Trommel des Sheriffs war leer geschossen, ahnten natürlich nichts von den 4 Schuss in Reserve. Der Sheriff schoss ohne zu zögern seine letzte Munition ab... 4 Schuss... seine Erfindung hatte das Leben des Sherriffs gerettet.

Er kaufte sich mit seiner Frau eine Farm irgendwo im Süden und sie lebten dort mit ihren Söhnen.

Nun erntet er Gemüse, hauptsächlich Bohnen, mit den blauen Bohnen will er nichts mehr zu tun haben, den Revolver begrub er auf der Farm, irgendwo im Wilden Westen.

Der Tod lauert in Texas

**Texas 1867 - Die Luft war erdrückend und schwül.
Seit Wochen gab es keinen Regen. Die Trockenheit
vernichtete Ernten und entwässerte viele Seen
und Brunnen. Besonders die Farmer und Rancher
litten darunter, denn auch die Tiere vegetierten
nur noch dahin, da das Wasser rationiert werden
musste. Eigentlich stand Texas kurz vor der
Vernichtung. Die kostbare Flüssigkeit reichte nur
noch für einige Tage.**

**Harry Sleet besaß eine kleine Farm im Norden
von Texas. Ein paar Pferde, Rinder und Schweine,
sowie einem kleinen Acker, auf dem er etwas
Gemüsemais pflanzte, waren in seinem Besitz.
Er ackerte Tag und Nacht, um die Tiere und das**

Land zu versorgen. Seine Frau wurde plötzlich krank. Eigentlich war sie immer gesund, aber Mary Sleet fiel eines Tages in einen tiefen Schlaf, aus dem sie tagelang nicht erwachte. Danach war nichts mehr so wie es war. Mit ihren 40 Jahren war sie immer eine lebenslustige Frau. Harry war etwas jünger, aber die Arbeit auf der Farm und die Sorgen um seine Frau ließen ihn innerhalb von Wochen zu einem alten Mann werden. Mary Sleet konnte, nachdem sie aus dem tagelangen Schlaf erwachte, nicht mehr sprechen. Sie starrte nur noch vor sich hin und murmelte ab und zu ein paar unverständliche Worte, die sich etwa so anhörten: „Gnatnom schotuum eflire som." „Was konnte sie nur meinen?", dachte Harry Sleet. Er wollte sich aber nicht lange damit beschäftigen, denn die Arbeit war ihm wichtiger. Die Hitze wurde immer unerträglicher und das Wasser wurde knapp, sehr knapp.

Steve Hendrix war der Sheriff in der Gegend und ritt ständig umher, um wieder verdurstete Menschen und Tiere von den Deputy's versorgen zu lassen. „Unglaublich was hier passiert", dachte er und versuchte mit der Zunge seine Lippen anzufeuchten. Doch plötzlich stand ein Mann vor ihm. Wie aus dem Nichts erschien er ihm. Groß, elegant gekleidet, eine perfekte Aussprache ohne Akzent. Aber er hatte einen ganz eigenartigen Glanz in seinen Augen. Der Sheriff dachte sich aber weiter nichts und fragte ihn: „Was kann ich für sie tun, Mister?" Der Mann schaute ihn mit seinen durchdringenden Blicken forschend an. Nun sprach er ruhig und gelassen: „Ich will mich hier auf diesem Planeten umschauen." „Aber das tun sie doch gerade, mein Freund, oder irre ich mich da?" Der Mann antwortete nicht sofort. Doch dann sprach er in einer dem Sheriff unbekannten Sprache: „Gnatnom, schotuum, eflire som!" Er wurde wütend und schrie diese Worte quasi heraus. „Wir brauchen eure Ressourcen und euer Wasser für unsere Planeten. Siranus und Runos sind am gefährdetsten. Wir trocknen aus. Unsere Atmosphäre ist nicht mehr zum Atmen geeignet. Alle Lebewesen sterben aus. Und wenn wir sehen, wie ihr mit euren Ressourcen umgeht, könnten wir platzen vor Wut."

„Aber wir werden Schluss damit machen. Wie ihr schon gemerkt haben solltet, ziehen wir euch langsam den Sauerstoff ab und auch das Wasser zum Trinken.", sagte der Fremde weiter.

„Aber warum?", fragte der Sheriff.

„Unschuldige Menschen werden sterben!"

„Darauf können wir keine Rücksicht nehmen. Wir haben auch auf der Erde schon Verbündete, die uns regelmäßig mitteilen, was hier passiert."

Steve Hendrix war verzweifelt. Wer sollte ihm glauben, was er gerade erlebte? Der feine Herr verschwand so schnell wie er gekommen war. Die Sonne brannte erbärmlich und der Durst zerrte am Verstand des Sheriffs. Auf dem Weg zurück schaute er bei Harry und Mary Sleet vorbei. Er klopfte an. „Hallo Harry?", sagte Steve völlig durch den Wind. „Wie geht es deiner Frau?"

„Sie spricht immer noch nicht und wenn dann nur unverständliche Worte." Mary Sleet betrat das Zimmer und schaute den Sheriff mit durchdringendem Blick an. Sie sprach die Worte, die er zuvor von dieser Person auf dem Weg zu hören bekam. „Gnatnom schotuum eflire som." Übersetzt heißt es: „Seid auf der Hut, wir sind schon hier." Der Sheriff sagte nichts mehr, sondern setzte sich, wurde kreidebleich und verlangte einen Schluck Wasser, den er mit Mühe und Not bekam. Das Wasser der Brunnen war fast versiegt und die Tiere starben eines nach dem anderen. Tote lagen auf den Straßen und das Elend war nicht mehr aufzuhalten.

„Diese Worte", sagte der Sheriff, „habe ich heute schon gehört, von einem großen Fremden, der sehr elegant gekleidet war. Er sprach unsere Sprache und fügte diese Worte, genau diese Worte, hinzu. Er drohte mir. Er sagte, dass der Sauerstoff langsam der Erde entzogen wird und das Wasser zu zwei Planeten transportiert werden soll, auf dem es langsam, aber sicher, keinen Sauerstoff und keine Möglichkeit mehr gibt zu überleben.

Mary Sleet konnte plötzlich wieder sprechen, aber es war nicht ihre Stimme: „Wenn ihr schlau seid, kommt mit. Kommt auf unseren Planeten, gebt uns die Chance mit eurem Wasser und dem Sauerstoff wieder Leben aufzubauen.

Bitte kommt. Unser Raumschiff steht in drei Tagen über Texas und ihr habt die Möglichkeit, mit uns zusammen etwas zu verändern. Eure Welt existiert bald nicht mehr und die Menschen sind dumm und selbstsüchtig. Sie haben alles zerstört." Harry, Steve und Mary, aber auch viele andere Menschen, die bis zum Eintreffen des Raumschiffs überzeugt werden konnten, hatten sich zusammengetan, um den Planeten zu verlassen. Als das Raumschiff eintraf und über Texas stand, wurden diese Leute hinein geholt und reisten innerhalb kürzester Zeit zu einer fernen Welt. Denn irgendwann würde es nicht mehr möglich sein, die Erde zu verlassen.

Wir werden verlieren. Der Mensch wird lernen müssen, dass Sauerstoff, Wasser und Nahrung ein Geschenk sind, mit dem er sorgsamer umgehen muss, damit unser Globus nicht in der unendlichen Dunkelheit des Universums verschwindet.

Mit den Waffen der Zukunft

„Vermisst du deinen Job?", fragte Lydia ihren Ehemann. „Liebes, ich bin gern hier auf der Farm. Die Arbeit ist ok.", antwortete er. Er, das war der berühmte US-Marshal John W. Cobb. Lydia bohrte nach: „Ich möchte wissen, ob du zurück möchtest? Willst du wieder in deinem alten Job arbeiten?" „Ja, eigentlich schon.", flüsterte John. 3 Wochen später machten sie sich auf die Reise, in die Welt von Recht und Ordnung.
Recht und Ordnung, das verkörperte Marshal Cobb in verschiedenen Städten der USA.
Nach einer Schussverletzung gab er den Job auf und übernahm eine Farm. Diese führt nun Pedro weiter. Pedro ist Freund und Vorarbeiter der Cobbs. Bis die Cobbs einmal zurückkommen, wird Pedro sein Bestes geben.

Der Weg der Cobbs führte nach Colorado Springs. Hier kannten die Einwohner Marshal John W. Cobb nicht. „Ich bin froh, dass du mir das ermöglicht hast.", seufzte John. „Ach, Liebling, da wo du glücklich bist, bin ich auch glücklich und zu hause.", sagte Lydia. „Was ist das dort am Himmel für ein heller Stern?", rief John. Beide sahen einen hellen Punkt am Himmel. Sie waren in der Wüste, niemand sonst sah es. Plötzlich begann das Objekt zu taumeln. Jetzt sah man eine lange Rauchfahne. Das Objekt stürzte in der Wüste ab. Die Cobbs stiegen aus ihrem Planwagen, sattelten die Pferde und ritten zur Absturzstelle. Sie glaubten an einen Kometen. Nach 10 Minuten trauten sie ihren Augen nicht. Eine etwa 20 Meter im Durchmesser große silberne Tonne lag qualmend im Wüstensand. Sie standen nun direkt davor. Plötzlich öffnete eine Tür. Starker Rauch trat aus. Mit letzter Kraft rettete sich ein Wesen ins Freie. Es war sehr schwer verletzt. Der Kopf war größer als die der Cobbs. Auch waren die Arme länger und dünner. Unerschrocken nahm Lydia das Wesen in den Arm.

John holte die Feldflasche und gab dem Wesen Wasser. Das Wesen tippte mit seinem Finger auf einen Schalter. Ein Kästchen trug es am Handgelenk. John legte seine Hand auf seinen Colt, der im Halfter steckte. Er wusste schließlich nicht was passieren könnte.

„Gotsch net worm.", sagte das Wesen.

Mit 2 Sekunden Verzögerung kam aus dem Kästchen: „Ich komme in Frieden. Seid gegrüßt."

„Wer bist du? Woher kommst du? Was bist du? Was ist das für eine Tonne? Wie kommst du in den Himmel?", wollte Lydia wissen. Über das Kästchen, welches ein Übersetzer war, kam die Antwort: „Ich komme von einem weit entfernten Sonnensystem. Ich beobachte euch schon lange. Meine Vorfahren waren schon vor langer Zeit bei den Menschen. Mein Raumschiff ist defekt. Ich dachte, dass ich bei euch noch eine Bleibe finden würde. Aber nun ist meine Verletzung zu groß. Nehmt dieses Krysilium. Es ist hochexplosiv und hat die hundertfache Wirkung wie Dynamit. Verratet aber nichts." Danach starb der Außerirdische. Die Cobbs begruben ihn und schaufelten Sand über das Raumschiff.

Jetzt fuhren sie mit dem Planwagen nach Colorado Springs. Dort angekommen, verschafften sich Lydia und John zunächst einen Überblick. In der Bank gaben sie das Gold ab und tauschten es gegen Dollar ein. Danach wollten sie ins Hotel. John wollte seine Identität noch nicht verraten, er dachte eher an einen Job als Hilfssheriff. Damit wollte er vermeiden, dass rachesuchende Ganoven ihn suchen würden. „Suchen sie eine Bleibe für ihre beiden Pferde?", fragte ein Junge. „Für einen viertel Dollar sorge ich dafür, dass die Pferde Futter erhalten, striegele sie und der Planwagen wird gut untergestellt."

„Wer bist du denn?", fragte John. „Pedro, ich bin Pedro. Ich sorge für meine Familie.", antwortete der Junge. John gab ihm einen ganzen Dollar und sagte: „Mein Name ist John Cobb. Wo lebt deine Familie?" „Mr. John, sie finden meine Familie, mich und ihren Planwagen am Ende der Straße auf der rechten Seite.", so Pedro und fuhr mit dem Planwagen los. Im Hotelzimmer überlegten Lydia und John ihre weitere Vorgehensweise.

John besorgte danach eine gute Ausrüstung zur Verteidigung. Lediglich seinen Colt nahm er mit. Die Gewehre blieben bei Pedro auf der Farm.

„Na, damit können sie ja Sitting Bull alleine besiegen.", lachte der Verkäufer des Geschäftes, in dem es einfach alles gab. „Ja sicher, ich hörte, dass der Wilde Westen ganz schön wild sei. Ich nehme noch eine Tüte Lutscher.", sagte John.

Auf der Straße traf er Pedro. „Hier habe ich Süßes für dich und deine Freunde."

„Können sie meinem Vater helfen?", fragte Pedro. „Später, mein Junge, später."

In Colorado Springs eröffneten immer mehr Saloons. Es floss viel Alkohol, der ein oder andere Tote war zu beklagen. Viele Familien zogen von Norden nach Süden, von Osten nach Westen, es war der Goldrausch, der alle in seinen Bann zog. Glück und Unglück lagen nahe beieinander. Der Sheriff der Stadt hatte viel zu viel zu tun. Die Zeit verging.

In 4 Wochen erwarteten die Cobbs ihr erstes Kind. „Wird es ein Mädchen, könnte es Betty heißen, wird es ein Junge, dann Jeff.", sagte John begeistert. Lydia darauf: „Wie wäre es mit Joe oder Elizabeth?" „Ist in Ordnung. Hauptsache gesund.", so John. Es wurde dann doch ein Joe. Beide nahmen sich in den Arm und waren glücklich.

Lydia fand eine Anstellung im Kolonialwarengeschäft Smith & Co. John wurde zunächst Viehtreiber, ein echter Cowboy also. Es war als Cowboy ein harter Job. John beobachtete natürlich mit wachem Auge, was in der Stadt passierte. Nun, er war eben US Marshal. Abends sprachen die Eheleute dann über ihren erlebten Tag. „War Joe brav heute?", fragte John. „Sehr sogar. Wenn alle so brav sein würden. Du bist ja auf der Ranch. Aber hier in der Stadt wird es immer gefährlicher. Es entsteht ein richtiger Bandenkrieg.", mit ängstlicher Stimme sagte Lydia diese Worte. „Und der Sheriff? Kommt er noch zurecht?" „Nein, die Übermacht ist zu groß."

In der Freizeit arbeitete John auf dem Hof von Pedro an seinem Colt. Er baute eine größere Trommel ein. Jetzt hatte der Revolver neun Schuss. Für die letzten drei Patronen verwendete er Krysilium. Nur eine Winzigkeit sorgte für eine Explosion, ähnlich wie viele Stangen Dynamit. Die

Trommel ließ sich leicht entnehmen, eine gefüllte Ersatztrommel hatte John immer in der Tasche. Aber er hatte noch mehr vor, aber alle Arbeiten kosteten sehr viel Zeit. „Mr. John, darf ich dich etwas fragen?", so Pedro. „Natürlich, mein Junge. Was bedrückt dich?" „Mr. John, es geht um meinen Vater. Er ist von einer Bande verschleppt worden. In einer Mine muss er arbeiten. Der Sheriff sagt, er wäre in Omaha. Aber dort sei er nicht zuständig. Mr. John, kannst du helfen?" „Ich werde dir und deiner Familie helfen. Ihr habt mir und meiner Frau geholfen. Bei euch ist Joe geboren worden und ihr passt gut auf mein Kind auf. Ich verspreche, ich helfe dir. Übrigens, verrate aber nichts, ich bin US Marshal."

Abends besprach John alles mit seiner Frau Lydia. Lydia hatte schlechte Nachrichten. In zwei Tagen erscheint hier in Colorado Springs die Stanton-Bande. Der Sheriff mobilisiert gerade Helfer. Aber wer wird schon mit Revolverhelden fertig? „Lass' mich überlegen, Lydia. Bleibe du an dem Tag im Geschäft und lasse dich nicht auf der Straße sehen. Unser Joe ist bei Pedro gut aufgehoben. Schlafen wir jetzt.", beruhigte John seine Frau.

John nahm sich für den besagten Tag frei. Er hatte so gute Arbeit geleistet, dass der Rancher Cliff Dorn ihm gern diesen Wunsch erfüllte. Morgens brachten Lydia und John ihren Sohn zu Pedro. Lydia ging normal zur Arbeit. Vor dem Laden stand eine Bank. John setzte sich mit einer Zeitung darauf und beobachtete alles. Der Sheriff war sehr nervös. Er verteilte seine Helfer. John erinnerte sich gern an seine Deputys. Wenn er jetzt die Truppe hätte... aber die war 200 Meilen entfernt. Plötzlich kam ein Reiter und rief: „Sie kommen! Bringt euch in Sicherheit! Sie kommen!"

Eine dramatische Situation entstand. Der Sheriff stellte sich wagemutig mitten auf die Straße. „Das ist ja Wahnsinn.", dachte sich Marshal John W. Cobb. Die Bande ritt in die Stadt ein. Angeführt von Bill Stanton. Fünfzehn Männer saßen bis an die Zähne bewaffnet auf ihren Pferden. Die Bewohner von Colorado Springs versteckten sich. Zwei Helfer des Sheriffs hatten die Hose voll und liefen einfach in die Kirche. „Wie ist die Lage, John?", flüsterte Lydia durch die etwas geöffnete Ladentür. „Die Bande fühlt sich sehr sicher, sie haben sich nicht verteilt. Ich hoffe es sind nicht mehr. Ansonsten... fünfzehn auf einen Streich."

Immer näher kam die Bande. Mit ihren Revolvern und Gewehren zielten sie auf Fenster und Türen. Sie schossen nicht, aber verbreiteten so Angst und Schrecken. Jetzt ritten sie an John vorbei. Mit der Zeitung verdeckte er seinen umgebauten Colt. Nun standen die fünfzehn Männer vor dem Sheriff. John war in ihrem Rücken. „Mach' dich aus dem Staub, Sheriff. Wir übernehmen die Stadt.", befahl Bill Stanton. „Ich verhafte euch im Nehmen des Gesetzes.", antwortete mutig der Sheriff. Die Männer positionierten sich nebeneinander vor dem Sheriff. Langsam erhob sich Marshal John W. Cobb und suchte Schutz vor einem Pfosten. Lässig lehnte er sich daran, aber mit der Hand am Colt. „Ihr habt gehört, der Sheriff hat euch etwas gesagt. Ich sage hiermit, legt die Waffen nieder." Drei Männer drehten ihr Pferd in Richtung Marshal. „Wer sagt das?" „Mein Name ist Marshal John W. Cobb und nun runter mit den Waffen."

Die Männer zogen ihre Revolver. Der Marshal war klar schneller. Noch drei Schuss waren offiziell in der Trommel. Bill Stanton schoss auf den Sheriff. Am Boden liegend erschoss dieser zwei Männer. Dann traf ihn eine weitere Kugel. Jetzt drehten sich zehn Männer zu Marshal Cobb. „Was war noch, Großmaul? Was willst du mit deinen drei Kugeln ausrichten?", so Stanton. „Ich warne euch ein letztes Mal, Waffen fallen lassen.", so der Marshall. „Macht ihn fertig!", schrie Stanton. Noch ehe die Bande ihre Kanonen ziehen konnten, erschoss der Marshal mit den drei Kugeln Bill Stanton, danach schoss er mit den Krysilium-Patronen in die Mitte der Bande. Die heftigen Explosionen warfen die Männer von den Pferden. „Nun noch einmal, ich verhafte euch im Namen des Gesetzes.", sagte der Marshal mit ruhiger Stimme, dabei setzte er die nächste gefüllte Trommel ein. Jetzt kamen die Helfer des Sheriffs aus ihren Verstecken und brachten die Überlebenden ins Gefängnis.

Der Sheriff wurde verarztet. Noch lange Zeit erzählten sich die Bürger von Colorado Springs dieses Duell. „Ich bleibe solange mit meiner Familie in der Stadt, bis sie gesund sind, Sheriff.", sagte der Marshall. „Einen Mann wie sie könnten wir hier gut gebrauchen. Ich danke ihnen im Namen der Stadt Colorado Springs. Ich verdanke ihnen mein Leben, Marshal.", so der Sheriff. „Leider muss ich ablehnen. Ich habe einem kleinen

Jungen etwas versprochen. In der nächsten Woche geht es nach Omaha."

Der Tag des Abschiedes aus Colorado Springs nahte. Familie Cobb wurde mit großem Beifall verabschiedet. „Ich werde nach Omaha telegrafieren. So dass dort alles vorbereitet wird. Das ist das Mindeste was ich tun kann, um ihnen das Leben dort zu vereinfachen.", versprach der Sheriff von Colorado Springs.

Der Weg nach Omaha war lang und beschwerlich. Über 600 Meilen waren zurückzulegen. Der alte Planwagen musste oft von John repariert werden. Es war heiß. Die Sonne war mörderisch. Langsam gingen die Essens-Vorräte zu Ende. Wasser hatten sie genug, denn die Bewohner in Colorado Springs empfahlen die Route am Platte River entlang. Die Stadt Lexington war das nächste Ziel, um alle Vorräte aufzufüllen. In Lexington erwarb John zwei Reitpferde und alles was nötig war, um den Rest der Reise zu überstehen. Nach zwei Tagen ging es weiter in Richtung Omaha.

Die Reise wurde jetzt abwechslungsreicher. Hin und wieder sah man nun Eisenbahnarbeiter. Der kleine Joe verfolgte alles sehr aufmerksam. Kurz vor Lincoln sahen Lydia und John Rauchwolken am Horizont. „Ich reite voraus und sehe mir das einmal an. Nimm das Gewehr.", sagte John etwas besorgt zu seiner Frau. Er selbst nahm den umgebauten Colt mit. Vor der Reise konnte John noch die letzte Stufe seiner Umbauaktion erledigen. John ritt los. Von weitem konnte er erkennen, dass Männer auf Pferden fünf

Planwagen angriffen. Waren es Indianer? John kam näher. Es schien eine Bande zu sein. Mit Halstüchern verdeckten sie ihr Gesicht. Bis auf 1500 Meter näherte sich John an. Jetzt konnte er genau erkennen, dass Frauen und Kinder in den Planwagen waren. Die Väter verteidigten sich tapfer, waren aber chancenlos. Sie waren mit der Bande völlig überfordert. John suchte sich eine leichte Anhöhe.

Jetzt schraubte er Laufverlängerungen an seinen umgebauten Colt. Er wechselte die Trommel aus, befestigte ein Zielfernrohr und legte die Spezialmunition mit Kysilium ein. Die 1500 Meter waren locker zu schaffen. Er zielte auf die Bande. Natürlich sollten die Frauen, Männer und Kinder nicht verletzt werden. John schoss. Das Geschoss heulte durch die Luft. Es erinnerte John an das abstürzende Raumschiff. Eine Explosion zwischen den Angreifern. Sie irrten herum. John schoss wieder. Eine Kugel legte er noch nach. Wieder Explosionen. Die überlebenden Angreifer suchten das Weite. Mittlerweile war Lydia mit dem Planwagen angekommen. Sie fuhren nun zu den Familien.

Die Kinder liefen Lydia und John schon laut rufend entgegen: „Sie haben uns gerettet, sie haben uns gerettet! Dankeschön!" Abends am Lagerfeuer erzählten alle Geschichten aus dem Leben. Die Gruppe kam aus Irland und wollte sich als Farmer in Amerika niederlassen. Zunächst dachten sie an das Gold. Aber als Goldgräber war es mit Kindern viel zu gefährlich. Alle zogen von Dublin aus in den Westen. „In Dublin wohnen meine Eltern.", sagte Lydia. „Ach, wie klein die Welt ist. Wo denn da?", fragte Jane McReed. „Nahe des Hafens.", antwortete Lydia. „Ja, der Hafen zur Irischen See ist wunderbar. Wir haben ihn oft besucht.", so Jane.

Zufrieden legten sich alle um das Lagerfeuer zum Schlafen.

Nach der Verabschiedung am frühen Morgen zogen die Farmer nach Westen und Lydia und John weiter nach Osten. In Omaha, nach langen 600 Meilen, wurden sie vom Hilfssheriff Cliff Northon freudig empfangen. „Ich habe für sie ein Hotelzimmer gebucht. Robert kümmert sich um ihr Gepäck und den Planwagen. Ruhen sie sich erst einmal gut aus."

Am nächsten Tag ging John ins SHERIFF'S OFFICE und erklärte sein Anliegen. „Deputy, es wurden auf dem Weg hierher Siedler überfallen. Irische Farmer, die nun auf dem Weg nach Westen sind. Ich musste viele Angreifer erschießen. Ich schreibe noch einen Bericht." „Das ist kein Problem. Ihr Ruf eilte von Colorado Springs voraus. Ich werde alles Nötige veranlassen. Aber auch die Stadt Omaha hat ein Anliegen. Unser Sheriff ist vor 6 Tagen erschossen worden. Am Sterbebett gab er mir dieses Telegramm von seinem Freund in Colorado Springs. Sie haben dort die Stadt gerettet und das Leben vieler Bewohner. Ich benötige ihr Dienste.", so der Hilfssheriff Cliff Northon.

Lydia und John richteten sich in einem kleinen Haus am Rande der Stadt gemütlich ein. Es hätte auch noch ein größeres Haus gegeben, aber der große Stall war dann doch ausschlaggebend. Hier konnte Stan seine Arbeiten an den Waffen fortsetzen. Und gerade damit begann er sofort, während seine Frau das Haus einrichtete. Herrliche Stoffe für Vorhänge, ein wunderschönes rotes Sofa, ein Teeservice aus Germany und viele Dinge mehr, die Lust auf einen gemütlichen Feierabend machen sollten. Die Kinder aus der Nachbarschaft brachten dem kleinen Joe Spielzeug aus Holz. Lydia fand eine Anstellung als Lehrerin.

„Guten Morgen, Cliff. Ist ein herrlicher Tag heute.", sagte Marshal Cobb. „Ja, wunderbar. Haben sie sich gut eingerichtet, Marshal?" „Wir sind sehr zufrieden. Es sind so viele nette Menschen in ihrer, sorry, unserer Stadt." „Stimmt. Unser ehemaliger Sheriff hatte alles gut im Griff. Wir haben nur Probleme mit den Besitzern der Erz-Mine im Norden." „Hat der Tot des Sheriffs damit zu tun?" „Korrekt. Und ich würde denen gern das Handwerk legen." „Sagt ihnen der Name Pedro Morgeno etwas?", fragte der Marshal. „Ja, der Sheriff in Colorado Springs sendete einmal ein Telegramm. Mehrere Mexikaner wurden verschleppt. In der Mine arbeiten viele Mexikaner. Die Besitzer, die Brüder Dennon, haben eine Festung aus der Mine gemacht. Niemand kommt rein, niemand raus. Sie selbst kommen samstags zum Bier in die Stadt und nehmen Proviant mit." „Und was geschah mit dem Sheriff." „Es gibt angeblich keine Zeugen, denn die Brüder Dennon zwangen alle Besucher des Saloons sich umzudrehen. Angeblich sollte es ein faires Duell gewesen sein. Aber der alte Hardy sagte, der Sheriff wurde von zwei Mann festgehalten." „Wo finde ich diesen Mr. Hardy?", fragte der Marshal nach. „Erschossen. Zwei Tage nach der Aussage fand ich ihn hinter dem Pferdestall." „Morgen reite ich zu der Mine, werde die Lage einmal prüfen." „Soll ich sie begleiten?" „Nein, in der Stadt muss ein Gesetzesvertreter bleiben." „Aber Pete könnte sie begleiten. Er kennt den Weg." „Okay, damit bin ich einverstanden."

Am nächsten Morgen starteten der Marshal und Pete zur Mine. „Dort sind die ersten Wachposten, Marshall. Wir reiten um die Felsen herum, dann können sie den Eingang der Mine sehen.", erklärte Pete. Mit seinem Fernrohr sah der Marshal, dass die Arbeiter ausgepeitscht wurden. Ein Mexikaner lief davon. Er wurde von einem Aufseher ohne zu zögern erschossen. Pete sagte: „Das war Mike Dennon, er trägt ein rotes Halstuch. So ein Schwein. Aber alle sind sie Schweine." Pete war verbittert.

Am Abend beratschlagten Cliff Northon und der Marshal die Lage. „Morgen ist Samstag. Ich nehme mir die Dennon's morgen zur Brust." Sie ritten zurück.

Lydia hatte ein herrliches Abendessen vorbereitet. „Was macht unser Sohn?", fragte John. „Er wächst und gedeiht, Liebling. Mit seinem Holzrevolver spielte er heute mit den Kindern im Hof. Soll er später auch einmal Marshal werden? Was meinst Du?" „Politiker wäre mir lieber. Wir kennen doch die Weltgeschichte." Nach dem Essen ging John noch in den Stall, den er sich zu einem Arbeitsraum eingerichtet hatte. Es wurde spät. „Schläfst du Schatz?" „Ich habe noch auf dich gewartet. Die Rechenarbeiten habe ich schon korrigiert. Was hast du gearbeitet?" „Ich habe den Colt weiter verbessert. Schlafe gut, mein Darling."

Der Samstag begann ruhig. Gegen 16 Uhr trafen die Dennon's in der Stadt ein. Nach dem Einkauf gingen Big Dennon, Jack Dennon und Mike Dennon in den Saloon. John trat ebenfalls ein: „Mein Name ist Marshal John W. Cobb. Um mir einen Überblick zu verschaffen werde ich sie

Montag besuchen." „Was sagt die Kakerlake?", murmelte Big Dennon. „Die Kakerlake will zum Tee kommen, Big Dad.", provozierte Mike Dennon. „Ach ja, Mike Dennon?", so der Marshal. „Was willst du, Kakerlake?" „Ich nehme sie wegen Mordes im Namen des Gesetzes fest." Mike Dennon griff zum Revolver. Der Marshal war schneller. „Drücken sie ab, sind sie eine Leiche.", sagte Cobb. In diesem Augenblick kam der Hilfssheriff mit einer Winchester in den Saloon und hielt die anderen Dennon's in Schach. Jack und Big Dennon verließen die Stadt mit der Androhung: „Ich hole meinen Jungen hier raus. Und dich, Kakerlake, vernichte ich mit einem Kugelhagel!"

Mike Dennon wurde eingesperrt. „Ich telegrafiere Richter Smith in Kansas City, aber das wird 30 Tage dauern, bis er hier ist.", sagte Cliff Northon. „Nun, ich bleibe dabei, Montag erledige ich die Bande. Es dürfen nicht noch mehr Menschen in der Mine sterben." „Marshal, muten sie sich nicht zu viel zu, man lebt nur einmal. Aber bei dieser Brutalität ist es fraglich, ob es noch Menschen im Jahr 1970 auf diesem Planeten gibt." „Mann, wenn sie wüssten.", murmelte Cobb.

Marshal John W. Cobb machte sich am Montag um 9 Uhr auf den Weg zur Mine. Der Marshal wollte die Sonne im Rücken haben. Er beobachtete wie Big Dennon, Vater von Jack, Norman, Robert und Mike, die Wachen verteilte. Drei Mann patrouillierten um den hohen Zaun herum. Cobb wartete ab, die drei Männer ritten auf den Eingang zu. Die Sonne stand gut. Das Mündungsfeuer des umgebauten Colts konnten sie bestimmt nicht erkennen. Ein gezielter 1000-Meter-Schuss und die drei Reiter starben an der Explosion. Das gut gesicherte Eingangstor brach zusammen. Die Dennon's und ihre Revolverhelden rannten aus dem Haus, schossen wild um sich und suchten Schutz. Cobb ortete jeden von ihnen. Er schoss auf die Pferdetränke... eine gewaltige Explosion durch das Krysilium töte den Revolvermann. Der nächste 1000-Meter-Schuss traf das Haupthaus, es ging in Flammen auf. Die Sache lief gut. Plötzlich bemerkte der Marshal, dass hinter seinem Rücken eine Handvoll Männer entkamen. Der Marshal ritt um den Hügel herum, um zurück in die Stadt zu kommen.

Dort angekommen sah er die aufgeregten Bürger. Hier passierte einiges. Mike Dennon überrumpelte den Hilfssheriff und bot den Revolverhelden Ross und Clark 500 Dollar für die Ermordung von Marshal Cobb. Clark brachte noch seine fünf Freunde mit. „Marshal, ich habe einen Fehler gemacht. Jetzt wird die Bande unsere Stadt in Schutt und Asche legen.", wimmerte Cliff Northon.

Alles beruhigte sich wieder, denn Cobb sagte mit seiner beruhigenden Stimme: „Alles wird gut, Leute. Ich nehme den Kampf auf. Wie in Colorado Springs benötige ich den schnellsten Reiter unter euch. Er muss frühzeitig ankündigen, wann die Bande von der Mine aus losschlagen will." Jetzt hatte Cobb es mit den Ganoven in der Stadt zu tun und mit denen, die noch kommen werden. John ließ seinen alten Planwagen aus dem Stall holen. „Ist der schwer zu schieben... Marshal... was haben sie hier verbaut?", rief Pete und quälte sich mit vier weiteren Männern. Den Wagen ließ der Marshal vor das Office schieben. Man sah wohl, dass die Holzräder durch Stahlräder ausgetauscht wurden. Aber der Rest schien Holz zu sein. Er war nun höher als sonst, das sah man aber nicht, da das bogenförmige Planwagendach viel verdeckte. Die Bürger sollten in ihren Häusern bleiben.

Lydia und Joe versteckten sich im Office. „Sie kommen! Sie kommen!", rief der Beobachtungsposten. Jetzt war die Stadt totenstill. Aus zwei Richtungen griffen die Revolverhelden an. Sie sahen den Planwagen und den Marshal darin, sofort schossen sie aus allen Rohren. Das Planwagendach wurde weggeschossen. Der Wagen wurde durchlöchert. „Wir haben ihn! Legt die Stadt in Schutt und Asche!", schrie Big Dennon. Wie aus dem Nichts stand plötzlich der Marshal im Planwagen auf und schoss im Zehntelsekundentakt auf alles was sich bewegte. Auf seinem Colt war ein langer Schacht angebracht, in dem 100 Schuss Munition waren. Die Revolverhelden waren irritiert und schossen entweder weiter oder suchten Schutz im Saloon. Der Marshal setzte das nächste Magazin auf. Nun war die Munition mit Krysilium bestückt. 100 Schuss... unendliche Explosionen... es gab um den Planwagen herum nur noch Tote. Das Magazin war leergeschossen. Jetzt setzte Cobb die umgebaute Trommel mit 9 Schuss wieder in den Colt ein. Langsam ging er zum Saloon. Robert Dennon war noch nicht erledigt. Von einer Kugel getroffen stand er auf, versteckte sich hinter dem

Planwagen und zielte auf den Sheriff. „Kakerlake, du bist jetzt dran!" Der Marshal war in der Falle, er stand zwischen Planwagen und Saloon. Ein Schuss fiel. Robert Dennon brach zusammen. Lydia zielte genau. „Und jetzt mache sie fertig, John!", rief sie ihrem Mann zu. Vier Mann standen vor dem Saloon und waren geschockt. Sie zogen ihre Kanonen und schossen auf den Marshal. Die Kugeln landeten im Sand, der Marshal war noch zu weit entfernt. Die Männer luden nach. „Ihr seid verhaftet, legt die Waffen nieder!", rief Marshal John W. Cobb. Die Männer schossen weiter. Cobb zog den Colt. Drei Kugeln aus Krysilium schossen pfeifend durch die Luft. Explosionen... Tote.

Revolverheld Frank Ross und Mike Dennon waren noch im Saloon. „Weitere 1000 Dollar wenn wir das Schwein erledigen.", bot Mike an. „Okay!", antwortete Frank Ross. Der Marshal kam durch die Pendeltüren. Die Männer standen sich nun gegenüber. Der Marshal hatte nun noch sechs normale Patronen. Es wurde nun ein echtes Duell. "Zieh!", schrie Mike Dennon. Der Marshal achtete nur auf die Augen der Gegner. Er hörte nichts und sah nichts anderes. Dann das Zucken bei Frank Ross. Der zog den Revolver. Blitzschnell zog der

Marshal, mit dem Daumen spannte er den Hahn, der Zeigefinger reagierte sofort. Zwei Schuss! Die eine Kugel traf Frank Ross. Ross' Kugel traf nur die Pendeltür. Mike Dennon zog auch die Waffe. Wieder war der Marshal schneller.

Die Stadt feierte den Erfolg. „Marshal, was war denn nun mit ihrem Planwagen los, warum war der so schwer?", fragte Pete. „Ich habe Stahlplatten von den Eisenbahnen eingebaut.", antwortete der Marshal. „Hey, unser Marshal hat eine eigene Eisenbahn!", lachte Pete. „So, jetzt will ich noch los zur Mine. Ich habe dem kleinen Pedro ja etwas versprochen.", rief Cobb in die Runde. Er nahm ein Bild von sich, mit seiner Frau und Joe, mit zur Mine. An der Mine angekommen fand er noch etwa eine Handvoll Mexikaner vor. „Ist Mr. Morgeno unter ihnen?", fragte der Marshal. „Ich bin Jose Morgeno.", sagte ein Mann. „Dein Sohn hat mich geschickt. Hier sind 100 Dollar. Zeige ihm dieses Bild und grüße deinen Sohn von seinem Mr. Marshal."

Abends fielen sich Lydia und John in die Arme. „Was macht unser Sohn?", fragte John. „Er wächst und gedeiht.", lachte Lydia.

Viele, viele Jahre war John W. Cobb noch Marshal in Omaha. Jede Menge Abenteuer hatte er noch zu überstehen, denn der Wilde Westen war wild und unberechenbar.
Lydia wurde Schulleiterin. Ihr Sohn Joe wurde in New York Richter.
Bei Ausgrabungen im Jahr 2020 fand man nördlich von Omaha den Spezial-Colt und eigenartige, nicht von dieser Erde stammende Patronen, die hochexplosiv waren. Das unterlag der höchsten Geheimhaltung. Anfang 2021 fand eine Pfadfindergruppe in der Wüste, westlich von Colorado Springs, das UFO.
Viele Fernsehsendungen befassen sich heute damit. Fragen über Fragen...

Die Rache des Texas Rangers

Das dunkle Holzschild ragte mitten in der Prärie
aus dem Sandboden und reckte sich scheinbar
endlos gen Himmel. Der Pfosten und die Bretter
waren einst aus schwarz getöntem Eichenholz
gefertigt worden. Es war jetzt ein vergilbtes
Schild, dem man ansah, dass Wind und Wetter es
mürbe gemacht hatten. Von Kerben und Rissen
übersät, doch stolz und unbeirrt erstreckte es sich
in die Höhe, sodass kein Wanderer umhin kam, es
zu bemerken. Gleich ob in tiefster Nacht, im
heftigsten Sandsturm oder nun, da die grelle
Mittagssonne unbarmherzig herab schien, dieses
Schild würde nicht weichen. Schon seit
Generationen stand es dort unverändert, und es
würde auch in Zukunft dort bleiben. Doch in all
den Monaten, den Jahren und Jahrzehnten, in all

dieser Zeit war noch nie Jemand so erleichtert gewesen, dass Schild wiederzusehen, wie ich am heutigen Tag.

Als ich es in der Ferne erblickte, machte mein Herz einen Freudensprung. Als ich mich näherte und es in meinem Blickfeld größer und größer wurde, beschleunigte ich taumelnd vor Sehnsucht meine Schritte. Und als ich es endlich erreichte, fiel ich erschöpft vor ihm in den Sand nieder und weinte vor Erleichterung. Ich weinte und weinte, bis die Tränen der Trauer in Strömen meine Wangen hinunter rannen, um mein zerrissenes Hemd und meine zerschlissene Hose zu durchnässen. Ich weinte, und hielt nur inne, um zitternd und keuchend die schneidend heiße Luft in meine Lungen zu saugen.

Ich war hier. Wie niedrig die Chancen auch gewesen waren, wie viel Geld ein kluger Mann auch gegen mich gesetzt hätte, ich war nun hier. Mit zittrigem Blick starrte ich an dem Schild empor, weil ich es selbst kaum fassen konnte, doch auf den Brettern stand in rotbraunen, abblätternden Lettern:

Willkommen in DAWSON City

Ich schluckte aus Reflex, doch meine Kehle blieb trocken. Kein Tropfen war geblieben nach den langen Tagen in der Wüste. Bald versiegten auch meine Tränen, denn es waren Keine mehr geblieben, die ich hätte vergießen können. Ich wischte mir mit dem Ärmel das Gesicht ab und zerrte mich wieder auf die Beine. Wer in dieser Stadt lange am Boden liegend verweilte, der blieb auch dort. Das hatte ich schmerzlich lernen müssen.

Mit schweren Schritten schleppte ich mich in Richtung Ortseingang. Meine Sporen klapperten, wenn sie auf dem sandigen Boden auf Steine schlugen. Als ich die Fassade der ersten Holzhütte sah, stockte ich. Hier musste es gewesen sein. Hier waren wir damals in der Stadt angekommen vor 11 Monaten, die mir in der Rückschau wie 11 Stunden erschienen. Ich erinnerte mich genau. Fast war es, als sähe ich die Gestalten von damals genau vor mir.

Vier gut gekleidete, hoch dekorierte Regierungsbeamte auf stolzen Pferden. Hoka Hey, der Araberhengst, auf dem ich gesessen hatte, war fast 10 Dollar wert. Jim, Carlo, Mathew und ich waren heiter rauchend in die Stadt geritten, hatten abschätzig die heruntergekommenen Läden betrachtet und beinahe laut aufgelacht. Wir wussten, dass wir nicht lange hier bleiben würden. Ein reiner Routineauftrag.
Nichts Aufregendes.

"Hey Chef!", hatte ich damals noch zu Mathew gerufen, während ich mir eine Zigarette ansteckte. "Was sollen wir hier eigentlich genau machen?"

"Nichts Besonderes", hatte der alte, etwas korpulente Marshal in seinen grauen Bart gemurmelt. "Ein gewisser Mr. Hawkmiller hat uns gerufen. In der Stadt treibt angeblich eine Bande ihr Unwesen und terrorisiert die Bewohner. Dem werden wir nachgehen." Für mich war Mathew nicht nur Chef, er war ein Idol, dieser US Marshal Mathew Brannigan.

Und während meine beiden Kameraden Jim und Carlo fröhlich gescherzt hatten, waren wir in der kühlen Abenddämmerung unserem Chef gefolgt, bis wir über die lange Hauptstraße unser Hotel erreicht hatten.

Als ich nun in der quälenden Hitze der Mittagssonne dem gleichen Weg folgte, da lief ich mit aufgerissenen Augen wie im Traum, wie damals. Und als ich die modrigen Fassaden der Gebäude sah, und mir bewusst wurde, wie viel wir geopfert hatten, um diese Stadt zu beschützen und zu retten, da packte mich die blanke Wut. Da tastete ich an meine Brust, packte meinen Texas Ranger Stern, meinen ganzen Stolz, den ich getragen und gehütet hatte wie einen Schatz, riss ihn mir vom Herzen und schleuderte ihn davon. Wo ich nun hinging, würde ich ihn nicht mehr brauchen.

Erschöpft taumelte ich weiter in Richtung Innenstadt. In der Mittagshitze war kaum ein Mensch auf der Straße. Die Gebäude flogen an meinem Antlitz vorbei wie Schatten, bis ich ihn plötzlich in der Ferne erblickte: Den Saloon. Die drei dunklen Gestalten, die aus der Schwingtüre kamen, bemerkte ich fast nicht, denn hier war der Ort gewesen, wo ich sie damals zum ersten Mal gesehen hatte.

Cathryn... schon ihr Name glitt wie Honig über meine Zunge, und der Anblick ihrer kristallblauen Augen ließ die Farben der Welt ermatten. Ich hatte sie gesehen, als sie mich und Carlo in der Nacht im Saloon bedient hatte. Unsere Blicke hatten sich getroffen nur für einen Moment, in dem tausend Zeitalter vergangen waren. Ihr Lächeln, ihre sanften Züge, die Art wie sie keck die Hand aufhielt, wenn sie ein Glas Whisky auf den Tisch stellte, all das schoss direkt in meinen Kopf und in mein Herz. Ich wusste damals nichts von ihr. Nicht dass sie Geige spielte, nicht dass sie Zuckerkuchen liebte, und nicht dass sie Mr. Hawkmillers Tochter war. Ich wusste nur eins: Ich musste sie wieder sehen.

Mein Herz hatte gerast, als sie lächelnd in einem wunderschönen roten Kleid aus der Türe ihres Hauses gekommen war, um mit mir in einem kleinen Restaurant der Stadt essen zu gehen. Noch mehr raste es, als wir gemeinsam in die Berge ritten, und auf einem Gipfel sitzend Hand in

Hand die Sterne beobachteten. Doch als ich eines Morgens in ihrer Kammer aufwachte, sie lächelnd neben mir schlafend beobachtete und ihr sanft das Amulett meiner Mutter um den Hals legte, da raste mein Herz nicht. Da schlug es ganz langsam und regelmäßig, weil ich spürte, dass ich nach all den Jahren zur Ruhe kam und endlich zu Hause angekommen war.

Heute, an diesem verfluchten, gottverlassenen Tag irrte ich nun verloren in der Sonnenhitze durch die Stadt und näherte mich dem Saloon. Kaum aber war ich auf einige Meter herangekommen, da erkannte ich plötzlich die dunklen Gestalten. Diese drei Männer hatte ich schon einmal gesehen. Das würde ihnen jetzt zum Verhängnis werden. Geistesgegenwärtig zerrte ich den rostigen Revolver aus meinem Gürtel. Der Vorderste von den dreien erkannte mich noch, und sein Gesicht verzog sich zu einer erschrockenen Fratze, als ich meinen Lauf auf ihn richtete und abdrückte.

Zuckend verkrampften sich ihre Arme, als die drei Bastarde laut schreiend zu Boden stürzten. Ironie des Schicksals. An dem Gebäude gegenüber auf der anderen Straßenseite hatte ich die Jungs vor einer Woche zum ersten Mal gesehen.

Wir waren damals in Mr. Hawkmillers Farmhaus. Mathew, Carlo, Jim und ich hatten uns angehört, was der alte Plantagenbesitzer zu sagen hatte. Genau genommen hatte ich nur mit einem Ohr zugehört, denn meine Aufmerksamkeit war eher auf Cathryn gerichtet, die uns Getränke brachte.

"Das Problem in dieser Stadt ist Jeff Markweid!", hatte Mr. Hawkmiller laut ausgerufen und mit der Faust auf den Tisch geschlagen. "Er und seine Gangsterbande machen die ganze Gegend unsicher. Sie bedrohen die Bürger, legen Brände an ihren Häusern. Und wenn sie getötet wurden oder vor dem Terror aus der Stadt geflohen sind, kauft er ihre Grundstücke billig auf."

Mathew hatte ihn nachdenklich angeschaut und versuchte mit aller gebotenen Höflichkeit auf die Vorwürfe zu reagieren: "Hmmm... nehmen wir einmal an, sie hätten Recht. Könnten sie sich dann vorstellen, warum Mr. Markweid so viele Immobilien in der Stadt an sich bringt?"

"Keine Ahnung", schnaubte er. "Aber was auch immer er vorhat, er holt sich mehr und mehr Leute dafür. Er hat fast eine kleine Privatarmee gebildet. Und der Sheriff steht auch auf seiner Gehaltsliste."

Mathew hatte eine ganze Weile überlegt und schließlich zu uns dreien gesagt: "Ihr versteckt euch heute Nacht in der Stadt und schaut euch etwas um."

Das hatten wir auch getan. Die ganze Nacht waren wir auf dem Dach des Saloons gesessen und hatten gewartet. Um kurz vor Mitternacht war es dann geschehen. Drei Angestellte von Markweid waren gekommen und hatten versucht das Haus gegenüber in Brandt zu stecken. Als wir sie aus dem Hinterhalt überraschten, hatten sie sich fast in die Hosen geschissen. Markweid selbst, ein feiner Pinkel mit weißem Hemd, schwarzer Weste und einem Zylinder hatte uns zusammen mit seinem narbengesichtigen Vorarbeiter zugeschaut, als wir die Jungs ins Gefängnis verfrachtet hatten. Lange waren sie da wohl nicht geblieben.

Ganz vorsichtig näherte ich mich den drei Leichen, die da vor dem Saloon-Eingang lagen. Angespannt richtete ich meine Waffe auf die Daliegenden, immer darauf gefasst, dass sie gleich aufspringen und mir an die Gurgel gehen könnten. Doch als ich ihre leblosen Körper mit dem Lauf meiner Pistole anstieß, regte sich nichts. Plötzlich erblickte ich erstaunt, dass einer der drei einen Pistolengurt trug, der mir bekannt vorkam. Es war der Gürtel eines Marshals aus schwarzem Leder und mit Gürtelschnalle in Form eines Sterns. Angenehm überrascht öffnete ich ihn und legte ihn mir selbst an. Mit einem behänden Griff zog ich den polierten, silbrig glänzenden Colt aus der Tasche. U.S. State of Texas war in den Lauf eingraviert. Darunter eine Blume, die mit einem Messer ins kalte Metall geschnitzt worden war. Der Colt hatte also mir gehört. Diese Art von Waffe in der Hand zu spüren, fühlte sich gut an. Wie alle Marshals und Ranger in Texas, die solch einen Colt erhielten, hatte auch ich ihn für eine Ewigkeit am Gürtel getragen. Traurig dachte ich zurück, wie ich meinen bekommen hatte.

So euphorisch wie nie zuvor war Mathew an diesem Tag zu mir gekommen. Die weißen und grauen Strähnen, die schon in seinem schwarzen Bart sprießten, verblassten hinter der strahlenden Mine.

"Ich hab's geschafft, Partner!", hatte er freudig ausgerufen. "Du reitest ab heute offiziell mit mir, als Texas Ranger!" Ich bin erst seit kurzer Zeit Texas Ranger gewesen. Und ungläubig waren meine Finger die lange, filigrane Waffe entlang gefahren, die mir mein Freund und Mentor überreicht hatte. Es war eine wunderbare Pistole. Jedes Detail, jedes Einzelteil mit Sorgfalt gefertigt. Sie tragen zu dürfen war eine Ehre, eine Auszeichnung. Und stolz hatte ich damals Abzeichen und Waffe entgegen genommen.

Mathew, er war wie ein Vater für mich gewesen. Ich gedachte noch an den Moment, in dem ich ihn zum ersten Mal gesehen hatte. Er, der edle, sauber gekleidete Marshal in den besten Jahren, und ich, der ehemals wilde Junge, der aus dem Waisenhaus geflohen war und sich in den Straßen von Boston durchschlug.

"Sag' mal Kleiner,", hatte Mathew gefragt und mich dabei ungläubig angestarrt, "hast du die Vier wirklich ganz alleine vermöbelt?"

Schuldbewusst schaute ich auf die ohnmächtigen Männer, die in weitem Kreis um mich auf dem Boden lagen. Ich hatte Angst gehabt, dass Mathew mich anschreien und schimpfen würde. Doch er lachte nur laut und herzlich, bevor er sagte: "Kleiner, dich kann ich gebrauchen."

Und in all den Jahren war ich ihm treu. Ich erinnerte mich an die nachdenkliche und konzentrierte Art, mit der er die Stirn in Falten gezogen hatte, wenn er über etwas nachdachte. Ich erinnerte mich an sein lautes und herzliches Lachen, das aus tiefster Kehle kam und einen ganzen Raum anstecken konnte. Und ich erinnerte mich daran, wie ich ihn zuletzt gesehen hatte: Heftiger Lärm war überall im Haus zu hören gewesen, als Markweids Männer mich auf den Boden des Flures gestoßen hatten. Verzweifelt hatte ich an den Fesseln um meine

Handgelenke gerissen, als ich plötzlich durch einen Türspalt in Mathews Zimmer blicken musste. Da lag der alte, stolze Marshal mit panisch verzerrtem Gesicht auf seinem Bett und schrie: "Dann schießt endlich, ihr Schweine!", bevor ein halbes Dutzend Schüsse ihn traf und er leblos zusammen sank.

Elf Monate war das nun her. Und der verfluchte Sand auf der Hauptstraße war immer noch der Selbe wie damals. Die selben Fässer und auch die selben Pferdekutschen standen in der Sonne. Der gleiche Wind fegte in Böen durch das Städtchen. Alles war geblieben wie es war. Und dennoch hatte sich alles verändert.

Meine Sporen klackerten wieder, als meine Stiefel auf die Straße traten. Die hölzernen Bürgersteige waren wie leer gefegt. Wer nicht ohnehin schon unter einem Dach Schutz vor der brennenden Sonne gesucht hatte, war durch meine Pistolenschüsse aufgeschreckt worden und schnell in eine offene Türe geeilt. Als ich weiter die Straße entlang wankte, sah ich, wie eine verstörte Frau hektisch die Türe der Telegrafenstation aufriss und hinein eilte. Wieder Ironie des Schicksals. Auch dort waren wir gewesen.

"Habe ich es doch gewusst.", hatte Mathew laut ausgerufen, als er das weiße Blatt, das der Telegraf ihm gegeben hatte, überflog. Triumphierend hatte er sich zu mir und Carlo umgedreht und mit dem Finger auf eine Textstelle gedeutet. "Laut dieser Auskunft der Eisenbahngesellschaft ist es genauso, wie ich es vermutet hatte. Die Company plant eine neue Strecke zu bauen, die exakt durch dieses Städtchen führen soll. Deswegen versucht Markweid sich so viele Grundstücke unter den Nagel zu reißen. Er will sie gewinnbringend an die Eisenbahn verkaufen."

Mit vollem Elan ging er auf die Türe zu. "Wir müssen etwas unternehmen!"

Stumm hatte ich das Telegrafenbüro passiert und danach den Hufschmied, die Arztpraxis und den Bestatter. Alle hatten sich in ihren Häusern verzogen, weil sie spürten, dass etwas in der Luft lag. Der Weg führte mich weiter in Richtung Stadtmitte. Meine Beine, Arme und Gelenke schmerzten, und die Erschöpfung ließ ab und zu die Welt um mich verschwimmen. Doch ich behielt die Augenlider weit aufgerissen, damit ich kein noch so winziges Detail übersah. Wenn mir nur ein einziger Feind, nur eine einzige Gefahr entging, war ich des Todes. Ich musste mich daran gewöhnen. Ich war allein. Nicht mehr in der Gruppe von damals, in der ich mich so routiniert und so stark gefühlt hatte. Nicht mehr mit Mathew, der mit seiner Anwesenheit jedem Kraft und Zutrauen hatte spenden können.

An dem Tag, an dem wir beim Telegrafen gewesen waren, hatten wir abends alle zusammen in Mr. Hawkmillers Küche gesessen. Benjamin, der junge Diener hatte uns Tee gekocht und Mathew hatte die Lage erklärt:

"Freunde, wir schweben alle in größter Gefahr. Das hier ist das größte Haus auf dem größten Stück Land, das Markweid sich noch unter den Nagel gerissen hat. Und die Eisenbahnlinie soll genau hier durchgehen."

"Vergessen sie es!", hatte Hawkmiller geschrien. "Ich verkaufe mein Land nicht. Hier haben schon meine Vorfahren gelebt!"

"Wir stellen ab jetzt jede Nacht Wachen auf", fuhr Mathew fort. Seine entschlossene Stimme füllte unsere Herzen mit Zuversicht. "Und gleich morgen früh reitet Jimmy los zum Fort der 14. Kavallerie. Wir werden Verstärkung brauchen, um diesen Hund und seine Leute auszuräuchern." Jimmy, Carlo, Cahtryn, Mr. Hakwmeyer, ich und auch der kleine Benjamin hatten eifrig zustimmend genickt. Zusammen würden wir es schon schaffen... dachten wir.

Und als ich nun einsam, in der prallen Sonne an den Fassaden der vorgeblich entvölkerten Stadt vorbei lief, da sah ich ihn plötzlich. Nichtsahnend kam Benjamin aus dem Grocer's Shop und pfiff ein Lied. Ich werde sein verfluchtes Gesicht mein Lebtag nicht mehr vergessen. Als er mich sah, stockte sein Atem, und kreidebleich starrte er mich an. Er begann zu rennen. Ich hinterher! Er sollte mir nicht entkommen. Aus dem Laufen heraus zog ich meine Pistole und schoss gegen seine Beine. Mit einem herzzerreißenden Schrei stürzte er zu Boden und hielt sich das linke, durchschossene Knie. Als ich über ihm stand, schaute er mich mit angsterfüllten Augen an und rief: "Bitte Sir! Bitte! Tun sie mir Nichts! Ich wollte doch nicht..."

Ein heftiger Faustschlag unterbrach das Gewimmer. Der kleinen Ratte flogen zwei Zähne aus dem Mund. Drei verfluchte Tage lang war ich gelaufen, bis ich geglaubt hatte keinen Funken Kraft mehr im Körper zu haben. Doch nun trieb mich nichts mehr an als die blanke Wut. Ich schrie, während meine Faust wieder und wieder in sein Gesicht schlug und Blut sich in seine Tränen mischte. Immer wieder hob ich auf das Gesicht ein, das für immer in mein Gedächtnis eingebrannt war.

Sie waren mitten in der Nacht gekommen. Verschlafen hatte ich im Bett meine Augen aufgerissen, als mir schon der Griff eines Gewehrs entgegen schlug. Cathryn kreischte laut, als sie sie neben mir aus dem Bett rissen, und halb nackt die Treppe hinunter trieben. Geistesgegenwärtig schlug ich zwei von ihnen zu Boden, bevor der Dritte, Vierte und Fünfte mich zu Boden rissen. Mit gefesselten Armen und Beinen schleiften sie mich über den Holzflurboden, wo mir das Herz zerbrach, als ich sehen musste, wie Mathew in seinem Zimmer starb. Polternd stießen mich die Handlanger die Treppe hinunter, worauf mir das blanke Entsetzen in die Augen stieg. Am Küchenfenster im Erdgeschoss lag Carlo, der mit seiner Flinte Wache gehalten hatte. Irgendjemand innerhalb des Hauses hatte ihm hinterrücks ein Messer in den Rücken gerammt, noch bevor er Alarm schlagen konnte.

Und als ich durch die Eingangstüre gestoßen wurde und mit dem Gesicht im schmutzigen Sand landete, da hörte ich die Stimme von Mr. Markweid.

"Ihr Marshals haltet euch wohl für ganz schön schlau, was?", lachte er, und als ich meinen Kopf hob sah ich die etwas dickliche Gestalt, die in sauberen, geschniegelten Lederstiefeln, schwarzem Frack, weißem Hemd und Zylinder herum stolzierte. "Wir Dorftrottel haben aber auch ein paar Tricks auf Lager. Ich stelle mir das folgendermaßen vor: Bei einem tragischen Brand im Hause seines Gastgebers sind der Marshal und seine Leute leider verstorben. Unglücklicherweise muss die Ermittlung dadurch unterbrochen werden, und erst der neue Marshal kann sie weiterführen, nachdem der Landverkauf an die Eisenbahngesellschaft schon seit Monaten unter Dach und Fach ist."

Erst jetzt vernahmen meine benommenen Ohren, dass Markweids Männer hinter mir Brandsätze in das Anwesen schleuderten. Er hatte Recht. Die verkohlten Leichen meiner Freunde würde man niemals finden.

"Nach dem tragischen Unfall von Mr. Hawkmiller,", fuhr die fette Qualle vergnügt fort, "geht sein ganzer Besitz natürlich an seinen Alleinerben, Miss Cahtryn."

Cathryn, die schreiend und zeternd um sich schlug und trat, wurde hergezerrt. Markweid verzog sein Gesicht zu einem bösen Grinsen und presste ihr einen spitzen Kuss auf die Lippen, um sie zu demütigen.

"Die hübsche Miss Cathryn wird einen Vertrag unterschreiben, mit dem sie mir all ihre Güter übereignet,", lachte der Verbrecher, "und was ich danach mit ihr mache, ... sehen wir dann."

Jetzt kam er zu mir, und beugte sich über mich. "Nur eines ist sicher", presste er verächtlich heraus und spuckte auf mein Gesicht. "du wirst sie nie wieder bekommen. Dafür werde ich sorgen."

Als er wieder aufstand rief er zu seinen Lakaien: "Schafft ihn in die Berge und erschießt ihn dort. Lasst seine Leiche in irgendeiner Schlucht verschwinden."

Und dann geschah es. Aus den Augenwinkeln sah ich, wie Markweid zu einem jungen Mann ging und ihm ein Bündel mit Geldscheinen in die Hand drückte. Nur für eine Sekunde konnte ich sein Gesicht sehen. Es war Benjamin.

Die verängstige, blutüberströmte Visage, auf die ich in der Hauptstraße einschlug, hatte nur mehr wenig mit dem Gesicht Benjamins zu tun, das sich in meine Erinnerung eingebrannt hatte. Aber ich wusste, dass er es gewesen war, der meine Freunde, meine Geliebte, meine Familie verraten hatte. Das sollte er mir büßen. Er keuchte, als ich schwungvoll mit meinem Stiefel auf seine Brust trat. Blut quoll hervor, als die Sporen sich in sein Fleisch bohrten.

"Ich hoffe", flüsterte meine eigene, mir fremd gewordene Stimme, als ich ihm den Revolver an die Schläfe hielt, "der Teufel stellt in der Hölle noch viel schlimmere Sachen mit dir an."

Seine verstörten, aufgerissenen Augen blickten mich verzweifelt an, als ich abdrückte, und die Kugel mit einem lauten Knall sein Leben beendete.

Erschöpft stand ich wieder auf. Aus den Augenwinkeln konnte ich sehen, dass sich vor dem größten Haus der Stadt ein kleiner Tumult gebildet hatte. Der Lärm meiner Schüsse hatte die Ratten aus dem Nest gelockt. Vor dem riesigen

Gebäude, in dem Markweids Büro war, hatten sich seine Männer zusammengerottet.

Bald sahen sie mich kommen. Fünf Männer rannten mir entgegen. Sie trugen lange graue und beige Mäntel, und hatten weite Cowboyhüte ins Gesicht gezogen. Ihre Körpersprache zeigte Entschlossenheit, ihre Blicke schrien nach Mord. Das Gesicht des Vordersten kannte ich nur zu Gut.

Als das Farmhaus der Hawkmillers niedergebrannt war, und alle, die mir etwas bedeuteten, tot oder gefangen waren, hatten zwei von Markweids Männern mich in die Berge gebracht. Die beiden waren auf hohen Pferden vorangeritten und hatten mich in Fesseln hinter sich her geschleift. Mal war ich gelaufen, mal gestolpert und über den heißen Sand gezogen worden. Die festen Stricke hatten an meinen Gelenken gescheuert, meine geschundenen Knochen und mein ganzer Körper geschmerzt. Nach Luft und Wasser dürstend, hatte ich gestöhnt und geweint, während sie mich durch die Prärie geführt hatten, bevor wir schließlich den rauen felsigen Weg in die Berge erreichten. "Hey Will, was ist denn mit unserem Freund, dem Texas Ranger los?", fragte der eine hämisch den anderen.

"Keine Ahnung", erwiderte der mit gespielter Lässigkeit, und drehte sich eine Zigarette, "er sollte sich vielleicht etwas hinlegen. Das hilft bei solchen Verletzungen." Beide lachten ausgelassen.

Als wir den steilen Weg ins Hochgebirge hinauf liefen und meine Beine fast nicht mehr weiter wollten, da hatte ich jede Hoffnung und jeden Lebenswillen verloren. Warum töteten sie mich nicht gleich hier und schleppten dann meine Leiche in die Höhe?

Aber dann kam es mir mit einem Mal zu Bewusstsein. Ich war zu müde, zu gequält, zu erschöpft gewesen, um es zu bemerken, aber jetzt sah ich ihn. Ein kleiner, zierlicher, unscheinbarer Riss war in dem dicken Tau entstanden, mit dem ich gefesselt war, und er breitete sich rasch zu beiden Seiten aus. Das war meine Chance.

Schon bogen wir wieder um einen Felsen, und unser schmaler Weg führte uns rechts an einem tiefen Flusstal vorbei. Das laute Rauschen eines riesigen Wasserfalls, auf den wir zusteuerten, dröhnte in den Ohren, und übertönte jeden anderen Laut. Wenn ich noch eine Chance hatte, dann in diesem Flusstal.

Ich schleppte mich voran und wartete auf meine Gelegenheit. Meine beiden Wächter waren guter Dinge, weil wir bald unser Ziel erreicht hatten. Sie würden gleich ihr blaues Wunder erleben.

Mit letzter Kraft rannte ich plötzlich los, packte mit den zusammen gefesselten Händen das Tau und stürzte mich über die Klippe hinab in die Schlucht. Im endlosen Fallen sah ich meine beiden Verfolger, wie sie mir fassungslos hinterher starrten. Mit einem Ruck riss das Seil, das meine Hände fesselte, und ich prallte rücklings auf die glatte Wasseroberfläche, bevor ich in dem kalten nass versank und ohnmächtig wurde. Das letzte Bild bevor ich die Besinnung verlor, waren die beiden Gesichter, die mir von der Klippe aus nachschauten.

Diese beiden Gesichter erkannte ich nun, als die Fünfergruppe mit erhobenen Colts auf mich zulief. Blitzschnell zog ich meine beiden Revolver hervor und begann zu feuern. Mit meinem ersten Schuss zersplitterte ich die Fensterscheibe links von mir und die Stirn des dahinter versteckten Mannes, der geglaubt hatte, ich sähe ihn nicht. Im Glanz der umherwirbelnden Glasscheiben ließ ich den Angreifern einen Kugelhagel aus den Mündungen meiner Pistolenläufe entgegenkommen. Auch sie schossen, ich war zu flink, um getroffen zu werden. Zwei fällte ich mit präzisen Kopfschüssen, einen weiteren indem ich ihm den Griff meines Revolvers ins Gesicht schlug. Und als ich auf die beiden verbliebenen Männer feuerte, denen ich damals in den Bergen entkommen war, da tauchte auf ihren Minen wieder der entsetzte Gesichtsausdruck von damals auf. Entgeistert starrte der eine von ihnen mich an, als der rote Fleck auf dem Hemd über seiner Brust größer und größer wurde.

Ich packte ihn am Kragen und raunte: "Vielleicht solltest du dich etwas hinlegen. Das hilft bei solchen Verletzungen." Mit einem Stoß warf ich ihn in den Sand.

"W-w-wie...", keuchte der andere, der eingeknickt war und sich fieberhaft die linke, blutende Seite hielt, "wie zum Teufel hast du den Sturz überlebt?"

Wie hatte ich überlebt? Das war eine gute Frage. Als ich in der Schlucht auf die Wasseroberfläche geknallt und in den Tiefen des Flusses versunken war, hätte ich schwören können, dass meine letztes Stündlein geschlagen hätte. Die reißende Strömung hatte mich mit sich davon gerissen und mich zum Spielball ihrer Wogen gemacht. Nur halb bei Bewusstsein hatte ich kaum meine gefesselten Arme und Beine bewegen können, um nicht unterzugehen. Irgendwann hatte ich all meine Entschlossenheit verloren und mich mit dem Gedanken angefreundet, dass die Flucht meine letzte Großtat gewesen sein würde. Ein letztes Mal spülte mich die Strömung nach oben, bevor ich hinabgerissen und in die Tiefe gezogen wurde. Mit weit geöffneten Augen doch fast ohne

Besinnung sah ich, wie die Wasseroberfläche über mir in immer weitere Ferne entrückte. Langsam, aber ungehindert, sank ich in Richtung Grund. Dort wartete mein Ende auf mich.

Urplötzlich stieß ein nackter Arm ins Wasser, packte meine Hand und zerrte mich mit einem festen Ruck gen Himmel. Als mein Kopf mit einem heftigen Schlag die Wasseroberfläche durchbrach, prustete ich, und frische Luft füllte meine vor Leere brennenden Lungen. Zwischen Wachheit und Bewusstlosigkeit verschmolzen die Farben und Eindrücke vor meinen Augen. Ich, der Fluss, die Wälder, die Berge und die untergehende Sonne, alles war im Grunde genommen ein und dasselbe. Und bevor mein Geist in die Ohnmacht abglitt, sah ich verschwommen das narbige, braun gebrannte Gesicht eines Ureinwohners, auf dessen unbeweglicher Mine so etwas wie Sorge seinen Ausdruck fand.

Meine Erinnerungen an die folgenden Tage waren nur bruchstückhaft. Mal hatten meine Augen sich geöffnet, als der Indianer mich auf dem Rücken getragen hatte, mal, als ich im Zelt lag und nur die bemalten Lederwände anstarren konnte, bevor ich wieder einschlief. Mal spürte ich, wie eine Squaw sanft meinen verletzten Hinterkopf anhob, um mir aus einem Tonkrug Wasser zu verabreichen, mal sah ich für eine Sekunde, wie eine Gruppe von Stammesmitgliedern um mich herum standen, und etwas über mich zu beratschlagen schienen. Erst nach einer langen Zeit, die ich aus der Rückschau auf neun Tage und Nächte beziffern kann, wachte ich auf meiner Liege im Zelt auf und war bei vollem Bewusstsein. Schweißgebadet schnellte ich hoch, rang nach Luft und brauchte einige Sekunden, bis ich verstand, wo ich war. Der Stammeskrieger, der mich gerettet hatte, kniete neben mir. Gott weiß, wie er hatte erraten können, wann ich aufwachte, doch es schien, als hätte er darauf gewartet.

"Apenimon", sagte er, legte die Hand auf seine Brust und verbeugte sich höflich. Ich vermutete, dass das sein Name war. Sicher war ich mir nicht.

"Sehr erfreut.", stöhnte ich und merkte sofort wieder, wie sehr mein Schädel dröhnte. Apenimon half mir auf, brachte mich aus dem Zelt und führte mich durch das Lager, dass aus dutzende Tipis bestand, die hier auf der großen

Lichtung mitten im Wald aufgeschlagen waren. Ich fragte mich, wie eine so große Siedlung den Behörden verborgen geblieben sein konnte. Wir befanden uns nämlich meilenweit vom nächsten Indianerreservat entfernt. Trotzdem herrschte ein reges Treiben. Frauen wuschen ihre Kleidung im Bach, Kinder tollten herum, ältere Indianer saßen vor ihren Zelten und waren mit Handarbeiten beschäftigt.

Als wir das Lager durchwandert hatten, setzten wir uns an einen kleinen Platz, der, wenn es kälter wurde, wohl als Feuerstelle diente, und Apenimon holte einige Fladenbrote hervor. Völlig ausgehungert nach all den Strapazen nahm ich gierig davon, stopfte mir zu Essen in den Mund und schlang es hinunter. Doch als ich unter Apenimons belustigten Blicken gegessen hatte, da stieg mir die Scham ins Gesicht. Womit hatte ich verdient, dass diese Leute sich so um mich kümmerten? Ich schüttelte verwundert den Kopf und rang mit den Tränen.

"Danke", presste ich heraus. "Hab' vielen Dank." Apenimon lächelte nur. Er hatte womöglich kein einziges Wort verstanden.

"Hör mir zu", sagte ich zu ihm und deutete mit der ausgestreckten Hand hinter die Berge, "dorthin muss ich zurück."

Der Ureinwohner nickte. Er stand auf, und führte mich zu einem Bach, wo meine gewaschenen Kleider lagen. Als ich sie angelegt hatte, verließen wir das Lager und gingen in den dunklen Wald. Ich selbst hätte hier sicher die Orientierung verloren und mich hoffnungslos verirrt, doch Apenimon schien genau zu wissen, wohin er wollte. Nach einem langen Marsch erreichten wir eine Schlucht, die zwischen den Bergen hindurch führte. Dort blieb er stehen und deutete auf sie. Ich nickte langsam.

"Hab vielen Dank, Apenimon", sagte ich, und er lächelte freundlich, bevor er in den Wald zurückkehrte.

Ich aber begann der Schlucht zu folgen. Nur für einen Moment schaute ich zurück auf den friedlichen und geruhsamen Ort, den ich nun verlassen würde. Hätten die Indianer gewusst, welche Schrecken sie heraufbeschworen hatten, indem sie mir das Leben schenkten, sie hätten mich vielleicht sterben lassen. Denn nun würde ich Rache nehmen, Rache an denen, die für mein Leiden verantwortlich waren. Zielsicher stapfte ich los. Meine Entschlossenheit wurde erst gedämpft, als ich dem Weg einige Stunden gefolgt war, und einen alten, toten Trapper verdurstet am Wegesrand liegen sah.

"Da hast du mir ja einen schönen Weg gewiesen, Apenimon", seufzte ich, riss dem Mann Mantel, Hut und Revolver vom Leib und legte sie mir selbst an. Dann ging ich weiter. Schritt für Schritt. Niemand würde mich auf meinem Weg aufhalten.

Und das hatte auch niemand getan. Der Weg hatte mich über die Berge, quer durch die Prärie, zurück in die Stadt und letztendlich dorthin geführt, wo ich war: Inmitten der Hauptstraße umgeben von Leichen.

Dann sah ich ihn aus den Winkeln meiner Pupillen. Er war aus Markweids Haus gekommen, und rannte geradewegs auf mich zu. Seine langen, struppigen, braunen Haare wehten mit jeder Bewegung. Sein Hut und sein Mantel waren schmutzig und eingefärbt vom Sand der Prärie, so wie die meinen. Auf seinem Gesicht, das von einer langen, tiefen Narbe auf der linken Wange völlig entstellt war, zeigte sich ein Lächeln. Es gab nur wenige Männer, die sich freuten, wenn sie bald einen Mann töten konnten. Scarmara war einer von ihnen.

"Dieser Typ ist absolut irre.", hatte Carlo damals in der Garnison der Kavallerie zu mir gesagt, als ich frisch bei den Marshalls angefangen hatte. Kopfschüttelnd hatte er seine Zigarette aus dem Mund genommen, auf das Portrait des Steckbriefs in seiner Hand getippt und gesagt: "Daniel Namara ist wahnsinnig. Vor drei Jahren hat der Gouverneur ihn begnadigt, weil er ein paar Leute verpfiffen hat. Seither ist er als Kopfgeldjäger unterwegs. Bringt nie irgendjemanden lebendig zurück. Der Kerl ist einer der schnellsten Schützen, die der Westen je gesehen hat."

"Wegen der Narbe in seinem Gesicht nennen sie ihn Scarmara", hatte Cathryn mir besorgt verraten, als wir gemeinsam Hand in Hand in den Bergen saßen. "Sei bloß auf der Hut. Er ist der stärkste und brutalste von Markweids Männern."

"Ich an deiner Stelle wäre vorsichtig.", hatte Scarmara selbst mir mit seiner pfeifend krächzenden Stimme nachgerufen, als ich, Jim und Carlo den Saloon verließen, nachdem ich Cathryn dort besucht hatte. "Es gibt einflussreichere Leute als dich, die ein Auge auf diese Schönheit geworfen haben."

Als ich über den Holzflur in Hawkmillers Haus geschleift worden war, hatte ich durch einen Spalt sehen müssen, wie Mathew, der wie ein Vater für mich war, mit gezielten Schüssen niedergestreckt wurde. Als Markweids Männer mich noch ein Stück weiter zogen, sah ich, wer Mathews Bett mit Kugeln durchlöchert hatte. Die wohlbekannte, vernarbte Gestalt grinste mich an. Und als ich draußen im Dreck lag, und Markweid seinen langen, hämischen Monolog beendet hatte, da trat auf einmal Scarmara vor und schlug mir mit dem Griff seines Gewehres auf den Hinterkopf, sodass ich das Bewusstsein verlor.

Da war er nun. Die wandelnde Pest. Das wandelnde Böse. Der, der alle getötet hatte, die mir etwas bedeutet hatten. Er stand für alles, was ich auf dieser Welt verachtete. Mein grenzenloser Hass ließ mein Blut in meinen Venen pochen.

"Scarmara!", brüllte ich aus voller Kehle.

Wie ich diese Ausgeburt der Hölle verachtete. Ich wollte, dass er verreckte, verendete, vom Antlitz dieser Erde verschwand. Jede Emotion, jeder Gedanke, jede Faser meines Bewusstseins war nur noch von einem Wunsch erfüllt: Ihn endlich zu töten!

Da stand er nun. Hämisch lächelnd winkte er seinen Kameraden zu und signalisierte ihnen, zurückzubleiben. Er wollte das hier selbst zu Ende bringen. Umso besser. So standen wir uns gegenüber. Ich und er. Er und ich. Beide wussten wir, dass nur einer von uns diesen Moment überstehen würde, dass einer von uns sterben musste, damit der andere leben konnte. „Dann zieh', du kleiner Wicht, du mieser Texas Ranger.", murmelte er. Angestrengt versuchten wir nicht zu blinzeln, nichts zu tun, was dem Gegenüber den Schein von Nervosität vermittelte. Beide waren wir bis zum Zerreißen angespannt. Der Wille zu töten und der Wille zu leben verbanden sich in unseren Köpfen zu einem einzigen Gedanken.

Fest entschlossen starrten wir uns an. Die ganze Umgebung, der Sand, die Hauptstraße, die Holzhütten, der blaue Himmel, die helle Sonnenscheibe, all das verschwamm zu einem farbigen Lichtgemisch, vor dessen Hintergrund wir uns gegenüberstanden.

Ich zog. Ich schoss. Dieses Mal war es mir egal, wer eher zieht. Dieses Mal wollte ich nur töten. Ich wollte nur meine Leute rächen.

Die zwei Schüsse waren nur Sekundenbruchteile nacheinander losgegangen. Für einen Moment stand ich unschlüssig da. Wenn ich getroffen worden war, dann würde es noch mindestens fünf Sekunden dauern, bis ich den Schmerz spürte. Ich wartete. Doch ich spürte keinen Schmerz. Ich sah nur wie Scarmara ins Taumeln geriet und schließlich vornüber auf die Knie fiel. Bestürzt schaute er an sich herunter und sah, dass das Hemd an seiner Brust sich langsam rot färbte. In seinem Blick lagen Verzweiflung und Fassungslosigkeit.

"R-R-Ranger", stieß er mit zitternder Stimme hervor, "b-b-bitte mach es schnell. Bring es zu Ende."

Ich fasste es nicht. In seinen letzten Momenten war Scarmara das Monster doch nur ein ganz gewöhnlicher Mensch. Ein Mensch mit gewöhnlichen Bedürfnissen, und gewöhnlichen Wünschen. Ich musste grinsen.

"Vergiss es!", rief ich und schoss dreimal in seinen Bauch. "Viel Spaß beim verbluten."

Entschlossen schritt ich längs an der Gestalt vorbei, die fassungslos in sich zusammensank, um zu verenden. Ich aber wollte weiter. Sofort lud ich den Revolver. Jetzt würde Markweid mir nicht mehr entkommen.

Mit raschen Schritten näherte ich mich dem Anwesen in der Mitte der Stadt. Die Ansammlung von Verbrechern, die sich vor dem Eingangstor gebildet hatte, war mittlerweile nur mehr ein konfuser Hühnerhaufen. Einige starrten zögerlich um sich, andere rannten davon, weil sie nach dem Tod ihres besten Mannes verängstigt waren. Einige wenige griffen halbherzig nach ihren Waffen. Zu langsam für mich.

Als sie mit ansehen mussten, wie vier ihrer Kameraden ächzend zu Boden sackten, war für die übrigen Männer das Maß voll. Sie nahmen Reißaus und stürzten panisch in alle Richtungen. Nur zwei von ihnen rannten zum Seitenausgang und flankierten Markweid, der in seinem schwarzen Jackett, mit Hemd und Zylinder heraus kam, aber gar nicht mehr so selbstsicher wirkte wie vor einigen Tagen.

Hinter sich zerrte er Cathryn her, die sich trotz der engen Fesseln um Arme und Beine wehrte, und versuchte sich loszureißen. Zitternd holte Markweid eine kleine Pistole aus der Innentasche seiner schwarzen Jacke und hielt sie Cathryn an die Schläfe, während er sie rückwärts mit sich zog.

"Keinen Schritt weiter!", brüllte er. "Einen Schritt weiter und ich töte sie!"

Ich löste meinen Pistolengurt und warf den Revolver auf den Boden. Aus dem Gürtel darunter zog ich wieder den alten, rostigen Revolver hervor, den ich dem Trapper abgenommen hatte, denn in dessen Trommel waren noch drei Schuss. Ich schoss zwei Mal.

Das Grauen in Mr. Markweids Gesicht wurde noch größer, als er sah, wie seine beiden letzten Begleiter liquidiert wurden.

"Keinen Schritt weiter!", brüllte er abermals. Da stand ich nun. Nur noch eine einzige Kugel hatte ich im Lauf und ich starrte auf den Mann, der die Wurzel allen Übels gewesen war, der Grund warum mein Leben nie wieder sein würde, wie es vorher gewesen war.
Und ich starrte in ihre Augen, die mich mitleidig und verzweifelt anschauten, die mir sagen wollten, dass sie mich liebte, dass sie mit mir leben wollte... und noch so vieles mehr.
Nie hatte ich eine Frau wie sie getroffen, nie hatte ich das Gefühl gehabt, so schwach, so berauscht zu sein, wie bei ihr.
Und nun hielt dieser Bastard ihr eine Waffe an die Stirn. Was sollte ich nun tun?

Damals am Abend vor dem Überfall in Hawkmillers Farm war ich wieder mit Cathryn in die Berge geritten. Wir hatten fest umschlungen auf einem Felsen gesessen und den vollen Mond und die Sterne beobachtet. Ihr Haar hatte so süß geduftet, ihre Augen im Glanz der Sterne geglitzert.

"Es ist schön", hatte sie lächelnd gesagt und dabei das Medaillon mit den Fingern umspielt, das ich ihr geschenkt hatte, "aber die kannten sind ziemlich scharf."

Sie gab mir einen langen Kuss und flüsterte: "Wenn dieser Moment doch niemals enden würde."

Schmunzelnd hatte auch ich ihr einen Kuss auf die Lippen gedrückt. "Was meinst du damit?", fragte ich skeptisch. "Alles muss einmal ein Ende haben."

Und dann hatte sie mir einen dieser langen, bedeutungsvollen Blicke zugeworfen, die ich nur von ihr kannte. Wenn sie einen so ansah, dann musste jedem klar sein, dass das, was sie jetzt sagte, ihr Schicksal war.

"Wenn ich nicht mit dir zusammenbleiben kann, dann will ich sterben", sagte sie ernst und zuversichtlich. Ich umschlang sie gerührt mit beiden Armen, und wir sanken ins Gras.

Jetzt richtete ich eine Waffe auf sie und dachte an jenen Moment zurück. Jetzt war sie fest im Griff von Markweid, er benutzte sie als Schutzschild. Und als ich in ihre Augen sah, da realisierte ich plötzlich, dass auch sie daran denken musste. Traurig aber entschlossen nickte sie mir kaum merklich zu. Mir lief eine vereinzelte Träne die Wange hinunter. Doch ich hob die Hand und fokussierte mein Ziel.

Ihre Augen schlossen sich...

... und geistesgegenwärtig riss sie die Handfesseln auseinander, die sie an den scharfen Kanten des

Amuletts aufgescheuert hatte, packte den Lauf, der auf ihren Kopf gerichtet war und schob die Pistole weg von sich, bevor sie knallend losging. Diese Sekunde reichte mir. Zielsicher richtete ich den alten, maroden Lauf der Schusswaffe, die jeden Moment in meiner Hand zerfallen konnte, auf Markweids bestürzte Mine und feuerte. Mit einem lauten Knall zersplitterte seine Stirn und er wurde rücklings zu Boden geschleudert. Die Tage, in denen er in der Stadt sein Unwesen trieb, waren gezählt. Und jetzt vorbei.

Erschöpft ließ ich meinen Revolver neben mir in den Sand fallen. Ein heftiges Zucken und zittern ging durch meinen ganzen Körper. Meine Arme, meine Beine, all meine Muskeln begannen zu krampfen. Es war wohl nur noch die Erregung und Anstrengung gewesen, die meinen Körper aufrecht gehalten hatten.
Nun da mein Ziel erreicht war, brach er ob der grenzenlosen Strapazen zusammen. Doch als ich stürzte und schwer atmend im Sand liegen blieb, da kam Cathryn, die sich ihrer Fesseln entledigt

hatte, zu mir gerannt, fiel mir in die Arme und wir küssten uns. Und während wir nach so langer Zeit endlich unsere Liebe genießen konnten, sah man am Horizont Wolken aufsteigen, die der atemlosen Stadt die langersehnte Nässe und Kühlung bringen würden.

Das war der Wilde Westen.

Was geschah 100 Jahre später mitten in der Prärie?

HOKA HEY

Der Truck, vollbeladen mit Benzin, raste direkt auf die Tankstelle zu. Der Highway war abschüssig. Hinter der Tankstelle ging es bergauf. Ob die Bremsen versagten, der Fahrer einen Fehler machte, es ist nicht bekannt. Das über 20 Meter lange Gefährt schleuderte und drehte sich. Der Wüstensand wirbelte auf. Niemand ahnte etwas in der Tankstelle. Jennys sechsten Geburtstag wollte man feiern. Dann krachte es. Der Truck schob die Zapfsäulen wie Spielzeug zur Seite. Benzinfontänen schossen durch die Luft.

Zur Seite gekippt lag das Ungetüm vor der kompletten Tankstelle. Die 36 Grad im Schatten, die Benzindämpfe, das auslaufende Benzin, alles das ließ nichts Gutes für die 12 eingeschlossenen Menschen erwarten. Gut, dass ein Kurzschluss in der Außenbeleuchtung, mit der Aufschrift

Hoka Hey DRIVE IN,

den Strom abgestellt hat. Sonst wäre es schon zur Explosion gekommen. Die Tankstelle ist schon seit Generationen im Besitz der Familie Hatah. Es ist ein indianischer Name. Hoka Hey hieß der Großvater oder der Urgroßvater. Das Aufschreien der Kinder, der Schock der Erwachsenen, legte sich langsam. Leider gab es nur nach vorne Fenster und Türen. Das lag daran, dass zur Rückseite die Sandstürme den Sand immer auftürmten. Nun lag der Truck vor Fenster und Türen.

Die Kinder mussten sich flach auf den Boden legen, um nicht so viel Dämpfe einzuatmen. Alle Erwachsenen gruben ein Loch, um auf die andere Seite fliehen zu können. Fliehen vor einer riesigen und tödlichen Explosion. Es war nur eine Frage der Zeit. Sie gruben unaufhörlich und in der Tankstelle, türmte sich ein Sandberg. Eine feste Platte stoppte ihr Bestreben, in die Freiheit zu gelangen. Sie klopften die Platte ab. Kein Holz, kein Metall, kein Stein. Etwas Leichtes und dumpfes. War es die Rettung oder mussten sie aufgeben? Da war ein eigenartiger Riegel, nicht zum Ziehen, nicht zum Drehen. Er bewegte sich nach innen. Langsam, etwas knirschend vom Sand, öffnete sich die Tür. Es war eine Luke. Frischer Sauerstoff kam ihnen entgegen. Jennys Vater, stieg zuerst ein, dann die Kinder und jetzt alle anderen Erwachsenen. Das Kleid von Jennys Mutter blieb an einem inneren Hebel hängen. Die Luke schloss sich wieder. Es war hell in dem Raum.

Woher kommt das Licht? Weitere Türen öffneten sich. Technische Geräte vermischten sich mit indianischen Werkzeugen. Ein durchsichtiger Sarg war zu sehen. Es lag ein Mensch darin, ein Indianer. Was sollten sie nur tun? Diese Knöpfe, diese Beschriftungen, dieses Licht. Alle haben so etwas noch nie gesehen, wohl aus Science- Fiction-Filmen. Sollte es etwa ein Ufo sein? In diesem

Augenblick gab es eine riesige Explosion.
Der Truck explodierte. Selbst wenn sie frei
und schnell gewesen wären, wie hätten sie es
schaffen können? Nach dem Feuer wachten alle
unbeschadet in der Wüste auf. Sie konnten sich
an nichts mehr erinnern. Ein weiterer Mann war
bei ihnen. War es ein Durchreisender? Oder der
Truckfahrer?

Niemand wusste es. Auf seiner Halskette standen
in indianischer Schrift die Symbole:
„Hoka Hey", übersetzt: „Pass' auf"

Krimi
Science-Fiction
Liebe
Horror

HOKA HEY
36 Geschichten aus den Jahren 1886 bis 2286

R. G. Wardenga

Sültz Bücher